talita tibola

é escritora, doutora em psicologia, psicóloga clínica e social e pesquisadora. Seu percurso na literatura e psicologia se entrecruzam, tendo realizado reflexões sobre subjetividade e escrita em sua monografia "Histórias de águas e nada: três encontros entre literatura e psicologia" (UFSM) e em sua dissertação de mestrado: "Redonda(me)nte amarela" (UFRGS). Coordenou o blog "A morte é uma borboleta" e seus textos foram mote de performances, músicas, vídeo-artes e peças de teatro.

AINDA MORREREMOS TANTO
E SERÁ SÓ O COMEÇO

talita tibola

editora Urutau
primeira edição
2022

O —

editora Urutau

avenida peirao besada, 6 – 2D
36163 poio-pontevedra
(espanha)

rua cajus, 478
jardim das cerejeiras, cotia — sp
brasil
06724-015

[+55] 11 94859 2426 [brasil]
[+34] 644 951 354 [galiza]

www.editoraurutau.com.br
contato@editoraurutau.com.br

[EDITORA]
debora ribeiro rendelli
[REVISÃO]
angélica andrade
[COORDENAÇÃO GRÁFICA]
tiago fabris rendelli
[PROJETO GRÁFICO]
wladimir vaz
[DIAGRAMAÇÃO]
victor h. azevedo
[CAPA]
victor h. azevedo, sobre fotografia de vildan hanne doğan

dados internacionais de catalogação na publicação (CIP) de acordo com ISBD

tibola, talita
T554a ainda morreremos tanto e será só o começo / talita tibola. — cotia: urutau, 2022. 116 p. ; 14cm x 19,5cmS.

ISBN: 978-65-5900-314-3

1. literatura brasileira. 2. poesia. I. título.

CDD 869.1
2022-2221 CDU 821.134.3(81)-1

elaborado por odilio hilario moreira junior - CRB-8/9949

sumário

4. ALGUMAS BARCAS À NOITE

[prefácio]

Carrega no teu corpo a tua terra, pois venta muito nestes dias quentes de inverno. Talvez eles venham, eles que não sabemos, mas pressentimos novos tempos. Eles sempre vêm. Mas nestes dias, talvez porque eu seja "mais grande" e o desatino me acompanha na mesma direção, vejo mais o furacão, saboreio a vertigem em seu gosto que não é só um.

Ele, um deles, disse na segunda-feira que era hora de nos sentirmos vivos e que nos sentíamos, eu olhava ao redor e via vários gritos solitários. Te abraço agora, na ponta dos pés, com medo de cair no abismo que nos separa. Eu tenho quatro solidões colecionadas em caixinhas bem pequenas, mas quando estendo a mão e sinto a pele dela, uma delas, quando nas poucas vezes sinto que existe algo de verdadeiro, penso que tudo poderia ficar bem.

E fica, só que solitariamente bem. Ele, um deles, disse ontem que ela, uma delas, ela não ama. Ele já disse tanta coisa e me deu tanto motivo para falar, mas eu sempre silenciei. Guardo comigo as frases bonitas e os bilhetes antigos na carteira que não uso mais — guardo-a gorda de lembranças e sem dinheiro.

Alguns cabelos se perderam, alguns bigodes timidamente cresceram, mas a voz continua igual à do Arnaldo, a minha cada vez mais rouca, cada vez mais amiga do cigarro — fumaças ajudam a espantar pensamentos.

Amarelos sempre voltam, sempre insistem. Eu disse ontem, vários ouviram, que gosto da palavra "insistir" e ele, um deles, falou em *insistir como se fosse um cheiro bom*, disse no mesmo dia, ou nas primeiras horas do dia que se seguiu. Disse depois de uma conversa entre quase surdos que se entendem com o pouco que pensam escutar.

Eu não sei mais conversar, algum dia eu soube? Quanto mais silêncio, mais silêncio.

É que eu não sei contar histórias pela metade, só aqui. Pois aqui nem sempre conto histórias, pois aqui pode ser qualquer frase, bonita ou feia, *qualquer coisa que não fique ilesa*. Eu até prefiro as feias com seu charme, mas não era para ser diário. Talvez conjunto de deslizes. Talvez excesso de verve e falta de vias. Não era pra ser diário, melhor *dia rio*, não?

Ela, uma delas, me ensinou.

1. TEM DIAS QUE NEM PARECEM DIAS

qualquer brado

Quebrada em meio ao tempo;
curva, remanso, apegos,

tempo que brada:
viajemos!
Mas sem esquecer os começos.

Tempo quebrado
cada um
num por si que
soçobra,

qual queda d'água em mar bravo.

(Que hora é essa que chove agora,
que hora cai e embaça e
passa. Que hora é essa?)

no canto do olho

É desde sábado que tenho a boca seca
e algo me falta.
É desde sábado que tenho os olhos convulsos,
algo olha em volta com olhos de
preguiça e não tem sombra.

A língua busca em círculos uma consistência
e só desliza.
Há um desvio depois do almoço e palavras
sem dentes.
Lembranças de dente de leite e deleite.

É desde sábado que tenho os olhos convulsos
e, nos pés que doem, pequenas chagas
inevitavelmente perguntam: o que se passa?
O que em mim grita, encharca.

É desde sábado que durmo na sala
e sistematicamente evito meu quarto.
Somos quatro. Estamos de quatro e o chão próximo
não anuncia sua chegada.

Enxerga. Na ponta do lápis o cúmulo,

o cume, o acúmulo, a matemática.
É desde sábado, outra órbita e omoplata,
a menina dança sem metatarsos, sistematicamente
evita o compasso. São quatro. É sábado. E não há depois do almoço,
nem noite que chegue, nem nome que baste.

Uma ponte é uma ponte e é o mesmo do outro lado.
É terra e mar do mesmo modo.
Alguém em volta. Alguém que volta. Alguém no portão
e uns tantos pés descalços.
Um beijo na testa, um olhar de medo e uma língua lerda.
Arrependendo-se-reprimenda, de que não sabe…
É desde sábado. E o que se faz com isso? É desde sempre.

espera

Há desespero
no fundo do
seu olho
esquerdo.

Não des-espere

Não deixe de
esperar

pés paralelos (ou travessia)

Nem tão velozes. Não tão rápidos quanto gostariam,
pela proximidade. Nem tão ligeiros quanto poderiam
e vão.
O suor que seca assim que desce. Pelo vento que sobre o braço,
nos cabelos.
Aqueles que faltam também passam. Aqueles que voam.
Aqueles que passam também ficam. Nem tão líquidos, sobre
[a baía.
Ao som do motor do avião que sobre as cabeças, no horizonte
[dos olhos, pousa.
Nem tantas baías. Nem tantos peixes (não me deixe),
nem tantas voltas que ainda.
Que ainda ele ali: olhos verdes e barba rala.
Nem tão poucos pés quanto desejariam. Nem tanto equilíbrio.
Muito mais do que pretendiam. E alguns loucos que cantam,
algumas Joanas que dançam. Alguns,
só alguns telefones que tocam pra falar dos que não esperam.
Pra falar dos que não entram nessas ondas.
O suor já seco. O vento até agora.
E as lágrimas inexistentes na aridez daquilo que é frio.
Algumas luzes ainda, algumas luzes ao longe,
cada vez mais, alguns cadáveres que nadam.
Algumas barcas à noite.

De afogados vivendo, de desistentes insistindo.
Não vá pra casa, aqui é tudo estrela, tudo veia, algumas estradas
[e poucas velas.
Nada velho e alguns que velam.
O paradoxo líquido de ar que vive no fundo.
Que se move sob. Que se move sobre os pés que não.
Que cheira à mijo e apesar de tudo. Doce como aquela bala
[de agosto.
Gosto do suor que seco ainda. Não volta, mas molha.
Saliva e sal de mar. Molhado ainda. Fica. Até a esquina. Até
a curva de minha vida que espirra. Em onda forte.
Feito turbina.

pra dentro

Rumina qual
poderia ser o
rumo
enquanto escuta
o ruído de
tudo
ruindo

naquela manhã

Os girassóis apareceram na janela.
Era como se eles nascessem de um dia
para o outro, como nos anos que
passam invisíveis.

Ou como quando teus filhos
passam a te carregar no colo.
Invivível ambiente de chagas.

No dia que descobriu que era triste,
entristeceu.

deslize

pin
.
.
.

pin

pin

goteira

(entedia)

sssss
plin
plin

spleen

2. DE GRÃO EM GRÃO MANTÉM-SE VIVO O SUPLICIADO

a cada diagonal

Uma sede do que passa distraído entre os minutos,
do que se insinua e cresce, mas passa ainda sem ser visto.
Passa entre as mãos e os cabelos de trinta pessoas que vivem juntas.

O dia acorda cedo e assustado.
O dia acorda com dor no ventre,
acorda cinza e manchado de vermelho.
O dia acorda.
O dia dorme em pesadelos e nem tira
o pijama. O dia ri só quando sai de casa,
o dia morre em casa.
O dia não nasce aqui.

Deixar pra trás nunca foi um problema até o dia em que realmente
[algo pra trás ficou.
Talvez trinta coisas que ainda vivem juntas.
E,
nesse momento,
eu ser muitas,
não me basta, não.

o silêncio atrás do sonho

O dia nem começou e já insiste em não acabar. A roupa
suja, os lençóis cheirando a ela, o ar cheirando a astros e nossos
passos cansados de uma semana cheia. Cansada da neurose alheia
a semana cheira a gentes.
A olhos, de verdes a puxados, a nomes, engraçados
ou esquecidos,
e a outros, guardados na agenda, em silêncio atrás do sono.
No sol que não se foi, cabelos pesados de mar.
Preocupações postergadas de março espelhadas no teto.
Desperta. Como um coelho despertador, oriental ou rock 'n roll
e ao amarrotado do que não foi, acorda.
Com muitos nomes a empilhar e raros gestos.

Penetrar na densa morte que há em transpassar momentos que
[se apresentam como portas.
O que passa de um dia a outro. O que demarca o início ou
[o fim de algo.
Uma partida, o fim de uma partilha, o suspender dos silêncios
[conquistados.
Desmama.
A violência são esses corpos a esperar no ponto do ônibus.
Desmanda.
A beleza: a comunhão no meio-fio.

A surpresa de caminhos fora de rota.
É um perigo, beibe?
Perigo? O perigo está em mim.

norte de vento noite

Norte de vento noite, aqui o vento
vem escuro escondendo no breu
o peso e a nuance.
Nem sereno cerúleo, nem roxo
carregado.
Aqui vem lento, de preguiça indormível
vem no encontro, sacudindo dos corpos
o equilíbrio e a gravidade.
Vem lúdico, lúgubre, lúbrico
escorregadiço.
O vento vem abrigo. Vaza
nas esquinas anunciando, das Bibianas,
a dor, o desvario.
Resiste à dança e enquanto busca o chão
ricocheteia.
O vento chama: delírio.

Impostor disfarçando a letargia.

nonada

Tem imagens que vêm como coisas. Caem do céu. Perfuram todos
os lados
Eram de outro jeito imaginadas. Doma das imagens nada,
somadas
do nada numa mônada de calor. Queimam o atrás dos olhos.

Vem ver doer

(Vem ver doer. Vem verde, sem o velho, sem dever. Sem ver. Só o doer do verso indevido. O reverso e o tantas vezes reavesso. Não reveza o agora com o fim, Fica um pouco, e traz do começo só o sim)

à parte isso, tenho em mim todos os sonhos do mundo

Estou fazendo a lista do que tenho que fazer amanhã,
[mas resolvi escrever pra ti
um trechinho de algo.
tanto…
sempre perco o som quando venho aqui.

Queria ser mais. Essa palavra ficou retumbando na cabeça.
Queria ser mais, essa palavra retumbando na cabeça.
Eu queria, eu deveria escrever a lista, mas a perco. E queria
ou deveria estar fazendo aquela outra coisa que não escrevi
[na frase ou na lista de ontem.
Eu escrevi aqui. Aquilo. Que era terminar aquele texto.
Eu queria ou deveria. Eu queria ser

(o papel)

mais.
E a minha amiga retumbando com os pés na cabeça.

Eu li um texto ontem e chorei. Mas isso não quer dizer nada,
porque eu sempre danço com as coisas na cabeça.
Não quer dizer nada, porque eu sempre perco as lágrimas que
[caem no bolso.

Eu sempre troco as mãos com outros. Eu sempre busco e...
eu queria ser mais.
Mas não alcanço.

Eu queria ser outra coisa. Eu queria ser muito louca, nossa, uhu,
[que beleza!
Eu queria ser outra. Mas não sei o que fazer com isso.
Eu queria ser, te tirar, arrancar tua dança.
Te comer, mastigar sem engolir.
Agora. Como uma ressaca, calmaria.
E uma bola no estômago.
Eu queria ou deveria mesmo lavar a louça.
Quatro ou cinco pias por dia.
Eu queria suspirar e engolir.
Ir pra Roma. Voltar e tudo estar daquele jeito.
Eu queria.
Essa palavra que retumba.
Esse verbo que (engole) desce pelo corpo, aperta a barriga (faringe).
[Sobe pelos olhos. Solta. Salta. Sobe os ombros.

Nem foi entrega, intriga, briga.
Nem foi nada.
Que nada.
Não foi nada nunca
serei nada.
Nunca não serei.
Eu queria.
Eu queria
nada!

Eu que sei
que eu queria, que eu saiba,
o nunca.
Eu queria
o que foi
que eu não.
Eu não queria
nada mais,
mas eu queria.
Eu queria mais.
Eu queria ser mais.

Quero não.
Para. Suspira. Desce o ombro. Sai pela boca.

Eu queria ser mais, e isso não quer dizer nada.

passam jovens, passam sem mim

Hoje os anos passam longe...

Num círculo que se fecha e também se abre, dizendo bem mais daquilo do que o que pode; fazendo, entre dois amantes, uma morte simples.

Tem dias que nem parecem dias,
mas algo desviado de seu início.
Sem fim também, no entanto, parecem
apenas o refletir dos teus olhos aflitos.

amor

moramos
namoramos e
morremos
de amor ou de novela
das oito
eu ele ela

a noite branca

Eu não podia deixar de ver essa solidão colada a nós.

Os quartos e seus fantasmas, o corredor nu.

Cada dia mais clara, eu via que era ela o essencial.

Sem nem pensar nele, na noite, na *nuit blanche* e em Blanchot,

no cheque em branco,

mas olhando os dias, as pessoas, a solidão das assinaturas e o suplício da mão que procura tocar aquele que sofre diante de nós.

Não há conforto, somente nossas solidões que se encontram,

nossas solidões, que levamos para passear.

Ele morreu, num mundo que não nos diz nada. Você o conhece?

(acabamos por nós envolver.)

O outro fica aqui, os olhos fixos na sala de espera onde ninguém mais está a esperar.

Ele era o único que vinha, ele foi o único a morrer.

Aquele que fica sofre a morte de um desconhecido, nós pegamos a sua mão e sofremos juntos o amante distante, sofremos o amor impossível, as pessoas que passam na rua, o amor partido, a fome e o vomitar, sofremos o quarto vazio, o espalhar-se de belas palavras. Sofremos por ela que adormece.

Ele vem amanhã. Ele pegou o pai pela mão para mostrar-lhe

como se deve fazer (ele morreu ontem, o desconhecido). Não há nada a negar, somente um cheiro que retorna para enlouquecer as mães, todas as mães do mundo, mas os cheiros, só saberemos deles amanhã.

Os pés levantados da terra apoiam-se na madeira de um banco, os braços sobre a mesa e os olhos que olham o transparente do líquido a encher o copo. O cheiro do álcool lhe lembra que não há perdão, que não existe perdão assim como o mar, antes dos seus vinte anos, também não existia.

Era uma palavra na boca dos outros.

Mas quando o transparente está na sua boca e o cheiro que ele sente sai de seu próprio nariz, é como um mar que passa a existir a partir do momento em que bebemos o líquido salgado.

O álcool lhe lembra que não há perdão fora de nosso próprio corpo, e que se ele passa pela boca não é para formular belas palavras, mas para ser engolido como uma "água ardente". Os cheiros, sabe-se-os amanhã...

⁂

3. NÃO SEI SE SOU OU SE SUO

outono

silêncio
presença que cala

calor com atraso
os sofás já desbotaram

eu gosto do teu toque de sino porque ele me expande

Eu entro antes
de entrar.
Tenho medo e choro antes de chorar.
O choro nela e eu e ela e toda a minha semana
e o meu corpo chorando desde antes.

Vem cá,
desconforto,
te conheço?

De perto
te vejo,
te toco.

Teu choro me chora chão e assoalho,
achovalhado de nãos,
acolchoado de outros.

Eu entro e dói
em algum lugar.
Já dentro,
lembro.

Fuga, busca encontro,
são um,
são graves,
são lentos.

Angustiada
desespera
e esperada
com afinco, idas e vindas,

ensaios e titubeios,
finca o pé no chão
e se levanta.
Diz:

solução.

Não há mais som.
Absurdo, insurgente, só o que há é esse silêncio inexistente.
Uma dor. E um ente sem dó.

Como se só aquilo fosse,
aquilo sendo.
E o sim ao som que só se dá após o silêncio.

Quero ser paisagem, mas não estou pronta.
estou e pronto.
Alguém segura minha cabeça,

uma concha,
um berço.
Levante!

Caminho que se faz do chão ao ar,
encontro pelo qual se aprende a caminhar,
revolução que fracassa em cada gesto para não virar gesso.

Dancei com tantos, resta o desejo de insistir nos encontros.
Dancei com muitos, mas talvez quisesse ficar um pouco mais…

Em dias de sol dói mais, a dor no peito. Em dia de calor ataca, a amiga asma. Em dias de torpor ela insiste em ser epilética.

O barco anda. O corpo afunda. Não fala sobre, mas subsiste

De grão em grão, mantém-se vivo o supliciado.

intempestivo

violento é o que viola a lentidão

futuro do presente

Ora pois,
horas depois,
depois da hora,
da hora
de agora.
Pois de
agora
só há
depois de.
E o
por ora

é depois
da hora de
pois…

armadilha

Presa sem pressa
espero por ela.

Presa à espera
pelas vísceras
espero
sem esperanças.

Espera que raspa
e não passa,
não passa.

fevereiro

E já era quase fevereiro e já era quase não mais,
porque ele é pequeno como uma
manhã pequena em que se passa inteira a podar pimentas secas.
Eu — que de inteira nem lembrança —
podada como um mês de fevereiro seco.
Tua pimenta em fevereiro que não tenho,
não tenho o fevereiro que já vermelho.

Se vai,
vermelho como tarde de céu azul sem branco de nuvens.
Azul como o mar que é perto,
mas não me acolhe tão bem em sua revolta salgada água
como a mais distante violência de águas doces da chuva.
É sereno, é sereno e se
vai sem saber como.

Se vai,
para ser quase março, dia do teu aniversário
que foi quase em fevereiro. Num dia inexistente
entre a cor e a sua pimenta.
Entre o sol e o que queima.
Entre o que escorre em tua bochecha e o que seca.
Entre o rosa da pele e a transparência.

Entra na água, entra na água e esquece.
Entra na água e encontra o ponto em que
o que escorre já não se encontra,
pois acolhido no todo líquido salgado que te envolve.

dês a lento

E mesmo quando deixo de te esperar,
só me resta
um gozo de desespero.

quem fez tua roupa de mágoa?

São sorridentes os olhos
que me secam,
secando também o meu riso.
Mas esse samba, mesmo ligeiro,
desacelera a vida e cria outro tempo.
Onde a minha cama lenta habitada por poeira
e restos não cede ao sossego.

Vem completar meu verso
que até ele sofre de preguiça e cansaço.
Não sabe do pulular vazio,
dos foguetes estrondosos e do riso.
Só do silêncio da boca que azeda
de tanto aquiescer.

Aquece as manhãs que me acordam
com espinhos, espirros, respingos
de um corpo que não quer amanhecer.

Quem fez tua roupa de mágoa?

partida

Quando se parte
a solidão não é mais sólida
(e os passeios são tão bons).

eterno retorno

Não quero esquecer os versos que pra ti escrevi,
nem quero ser por eles esquecida,
esses versos que adivinhei — em algo
que é quase invento — serem para mim.

Não quero que tudo caiba,
nem que tudo seja bom.
Eu quero o que cabe e
o que é.

Quero ser como os olhos dela
que desejo.
Eu aprecio quando ela olha
apesar de ter medo.

A sua poesia, tão diferente da minha
tão mais crua,
mais escura,
talvez mais forte.

Mas seus olhos pedem socorro
como os olhos dos cães.
E sabem dizer "não" para si mesma,
mas não para o mundo.

Ela diz “sim”, desprotegida.
Quando abro os olhos
e é só parede,
é sempre mais.
E os meus não pedem socorro como o dos cães,
pois não sabem fazer isso.
Coisa triste é ter olhos mentirosos.

chão

A saudade não tem a ver com ausência,
mas com excesso de presença.

vem leve

"Por favor, não desapareça."
Eu disse isso silenciosamente
para ela.
Ela desaparece,
já que longe,
já que mar,
já que o mar é melhor do que aqui. Do que ali.
Já que o mar é também casa.
Já que o sol brilha mais amarelo do que essa tela.
Mesmo que os olhos não suportem.
No sol eles podem se fechar.
Eu disse:
"não suma".

Sua mão,
consumida,
só ela aceitou.
E ela
distante,
num instante

sumiu.

E no entanto sempre chega um vento seu.
Mesmo que desapareça.

Eu disse a ele:
"não desapareça",
e desapareci.

Mesmo que eu não queira, não perceba e não pense.
Ele passa por aqui,
mesmo que ele não queira, não perceba e não pense.
E só pese o longe,

ele vem leve.
Vem e me leva.

Com a verdade das incertezas dela
que pesam.

inconfidência

Eu corro atrás do barco. Não é preciso muito para ver que eu
[afundo.
Todo segundo é último
diante de meus olhos obturados.
Não olha pros lados, viu? Finge que é tudo.
E enquanto isso,
definha, querida.
Eu volto, um dia, em algum momento escuro,
em alguma fresta de janela,
em algum dia que não seja de feira.
Finge que é tudo. Eu até passeio contigo,
te pego pelo braço...
só me falta o teu cansaço e uma cara que não seja de sorriso
[indeciso.
Só me falta tu,
dobrada,
estendida ou perversa.
Doente, cansada
ou amena.
Mas por favor,
não enlouqueça.
Não comigo. Não comece.
Há de ser só um deslize,

algo não contabilizado nos teus preciosos dias precisos.
Eu falo e eu fujo.
Desfalo de medo, desfaleço de desgosto.
E finjo.
(Eu sei sorrir tão bem!)
E acredito.
Só a ninguém convenço de que meu desejo não seja
claro,
decidido
e obstruído.

todas as noites brancas

Porque hoje à tarde
sou ela
e de amanhã não sei.

Porque não quero
e tenho raiva
do que virá pra te esquecer.

Desse futuro
que me presenteias
antecipado.
Do que não será.

Hilda seremos todas.
Periclitantes
entre atos escancarados,
repletos de riso e silêncio.

Devir silêncio de toda mulher
que é
e vem de todos os tempos.

Espera.
Quem dirá?
Se isso que era, era invisível.
E, cheia de corpo,
quem dirá
que não era outro
roído até a medula
no último almoço?

Viverão os intactos.
Pagaremos alto preço
e persistiremos na solidão
que nos permitem um milhão de gatos.

simplesmente

Não são lágrimas,
não vês?
Chove nos teus olhos.
A tristeza pode ser um engano.
Não são lágrimas-lentes,
é a chuva, seu contato,
que sentes.
Não vês através e para,
chove
simplesmente.

*

*   *

4. ALGUMAS BARCAS À NOITE

do lá para o si

Todo o descompasso inapreensível e os olhos roubados ou invisíveis.
A memória que é só vazio, e a presença que é dos covardes.

Não importa.
Há mais esforço do que pernas para permanecer longe.

Há mais conforto e mais poltronas,
mais cátedras e mais letras.
Pobres palavras que desconhecem poesia.

Antes os pés se encontrem, com o solo.
Não sei se sou ou se suo.
Antes sua não fosse.
De ninguém e de todo o mundo,
ainda morro de excesso de poros, falência de filtros,
aderência ao que se encosta, amostra sempre disponível.
Caso aconteça.
Acontece.
Do lá para o si, o mim se faz com o distante.
Mas e o quem fica?
Há galhos que nascem de ré e sol na cabeça.
E o quem entra só ninguém sabe quando desfinca.

O problema de uma casa toda aberta é que ela dificulta os meios
[de se criar uma saída.
O problema da casa *engraçada sem teto sem nada* não é o sermos
[bobos,
mas desfalecermos infinitamente no número zero.

Para onde vai o nosso esmero?
Antes os pés se encontrem com um qualquer próprio.
Antes os pés se encostem.
Antes os pés se encontrem com o solo.

horizonte

Presença/ausência daquilo que só existe na distância,
o horizonte insiste e salva
do mar que maltrata.

Desenho/possibilidade de fim naquilo que — imensidão — engole.
Apesar de ser risco,
arrisca uma vida no vazio,
riscando um lugar no infinito.

entrecortes

É porque é janeiro, que já não há aquele ar de continuidade. É preciso procurar

um início se início não há. E vejam que eles acabam realmente acontecendo.

Sim, eles acabam.

Acaba que o início acontece.

Entre o verde plano e a umidade dos porões, quando distantes,

suspendo alguns começos numa nem tão clara escolha

de ficar sobre esse monte, observando à distância a palude e os terrenos áridos.

Mas não é a mim que preciso enganar com esse falso equilíbrio.

Não há como negar os lençóis encharcados ao amanhecer e um desejo secando ao sol, no fim da tarde,

qual charque no varal.

Se é de começo...?

Quando os ares da montanha me foram indicados para a minha boa saúde,

acabei ficando sem ar.

Sem ares de continuidade,

tampouco novos ares.
O que há é um binóculo e um velho moribundo observando da montanha,
uma casa de madeira com grandes frestas que
o impedem de viver sem ventos de fora.

O seu jardim quer águas da palude,
mas há cactos que desejam o terreno do outro lado.
O velho cego atrás do binóculo quase pensa com o pouco
sopro de vida que lhe resta:
é preciso saber viver sem estar em lugar algum.

De onde é possível então sorver esse ar?
De que se preenche esse calor vazio,
esses dias de rotinas inventadas, horizontes ofuscados
e metas esquecidas?

O início de nada
entre um dia de sol ameno e chuvas esporádicas
e uma noite úmida com muitas moscas.

todas as cores do mundo

Vês o céu branco que continua branco branco no fundo no fundo?
Aqui jorra uma chuva de verão, violenta e fria, na terra em chamas.
Vês o céu branco branco no fundo no fundo que continua e traz
[a neve
branca que cai branca e calma na terra gélida?
Vês que não cais, mesmo querendo?
Vês que se cais, restas junto aos teus?

Corpos
que crias a cada vez,
cada vez novos
e sem peso.
Corpos gota e barro, corpos baleia e nuvem.
Cobre só o que não és,
descobres quantos outros tens.

Doa o teu corpo novo e cai branco na terra morna,
morna terra útero,
olhos de mãe de filhos sem nome.
Vês como é quente para ti a chuva fria?
Vê! Não vês? E, no entanto sentes.

Vês o céu branco que continua branco branco no fundo no fundo?

se fosse permitido chorar pelo que se desconhece

Um leve desespero se abate quando o sol vertical desfaz as sombras.
[À medida que elas
reaparecem sob as árvores, anunciam: é tarde, hora de partir.
O que parecia simples, ir embora, depois das doze tão rápidas
horas, já não é mais, e como tudo tão rápido se fez, também se
[desfaz sem sinal.

O que parecia simples ir embora já é despedida

O peso do desespero se eleva quando o sol horizontal desfaz as
[sombras.
À medida que elas reaparecem e tomam conta, anunciam, é tarde,
[hora de dormir.
Nunca pareceu simples ir embora, muito menos agora, depois de
[vinte e quatro horas, depois de mil, talvez, há de ser.

manoela

Doce companhia
nas noites silenciosas do oeste.

Entre copos de cerveja
e ruas que dão medo,
ela é o encontro
do tenso,
onde os clichês quase nos matam.
Ela é a vida
noturna,
onde todos dormem.
Ela é intervalo
de desejo
numa cidade de tédio.

refeito

raro e feito
raro efeito
rarefeito

Uma mente mente que sabe do corpo que se mente por ser sempre in vento

compasso

Gosto dos dias fora do tempo e dos templos dos deploráveis.
Gosto de cada fuga etérea e também dos mundos pesados.
Do peso da carne, do vivo do sangue e do que soa.
Gosto de andar no ritmo da música e ouvir a rua.
Gosto de olhar para o lado.
Gosto dos que cantam nas calçadas,
mesmo que cantem mal.

ah, manhã!

a
manhã
com vento
vou

levo
comigo
as pedras
que caíram do céu

leve

você também

você
leve
consigo

eu
consigo
só um pouquinho

comigo

só
só um pouquinho

totalmente
só
não consigo

ainda morreremos tanto e será só o começo

Anoitece, é meio claro, é meio cinza, nesse que é, desde há muito, o mesmo meio-dia, meio calmo, meio brisa.

Anoitece e é um entreluz de planos. Chama pequena.

Chamada, fogo, telefonema.

Acende e some, atende e assopra. É tão rápido o fechar do vão da porta. Eu fico. Alguém cantava ao longe. Você doía dentro. E eu no meu quarto.

Passou muito rápido. É por que não passa. *O que se passou* sempre fica.

Anoitece no meio da tarde, naquele que é, desde o momento, o meio do pouco entre o que gora e o que arde.

Anoitece e é um sem-sombra que o sol acorda de dúvidas. Chama que ilumina, lâmpada, fogo, lamparina.

Apaga e engole, esquece e explode. Tão mais pequeno para passar pela fresta que resta. Eu sigo. O canto ao longe. Você se esparramando. E eu nas escadas.

Passou bem devagar. A mão na minha. A clareza suficiente para dar dois passos.

Anoitece, finge que dorme. No fundo do olho ainda há um quase azul recusando o escuro. Desse que é pai da meia-noite que nos chega de olhos abertos. Desse que é o muito. Desse que é o mudo medo de adormecer e acordar si-mesmo.

Ascende e soa, desaparece e ecoa.

Dormimos tão pouco, mas a porta está toda aberta. Eu ando. Canto alto e você inventa a dança. Os dois na rua.

Passa. Passo e passeio.

Passe lá em casa, na praça ou na festa, mas anoiteça à toa.

repetições em ondas

A vida rasga.
Me pergunto se um dia,
poeira,
eu não sinta
e ela passe
despercebida
por mim.

* * *

■ primeira edição
■ julho de 2022